© Maria Martínez i Vendrell
© Roser Capdevila
© Ediciones Destino, S.A.
Consejo de Ciento, 425. 08009 Barcelona
Primera edición: marzo 1988
ISBN: 84-233-1625-4
Depósito legal: B. 12.214-1988
Impreso por Sirven Grafic, S.A.
Caspe, 113. 08013 Barcelona
Impreso en España - Printed in Spain

CAMBIOS Y DISTANCIAS

Texto: *Maria Martínez i Vendrell*
Ilustraciones: *Roser Capdevila*

Ediciones Destino

Papá llega a casa, muy contento.
En su mano tiene algo que debe ser muy importante,
porque, desde lejos, la agita alegremente.
—¿Qué es esto? —le preguntan.
—¡Una llave! —responde él—. La llave de nuestra nueva casa.
En realidad, no es que sea nueva, pero para nosotros, sí lo es.
—¡Es enorme! ¿Seguro que es la llave de una casa?

A Blas no le gusta la idea.
¿Por qué tienen que ir a otra casa?
Aunque no se trata de una casa cualquiera. No.
Es, ni más ni menos, una granja.
—Bueno, lo será… —explica papá—.
Ahora sólo hay cuatro gallinas y una vaca.
Pero nosotros criaremos muchos animales
y haremos que estén muy sanos y hermosos,
para que todo el mundo quiera comprarlos.

Todos parecen muy contentos. Excepto Blas, que no alcanza
a comprender qué se les ha perdido en una granja.
A él le gusta mucho su casa. Y su calle. Y los vecinos.

Papá y mamá hacen planes para el traslado
y hablan de todo lo bueno
que van a tener en su nueva casa.

Blas escucha con poca atención.
Tiene la cabeza llena de pensamientos contradictorios.
Y de mil preguntas que buscan respuesta.

Por fin llega el día temido. ¡Qué ajetreo!
La casa se llena de desconocidos que dan órdenes,
desmontan, empaquetan y hacen fardos.
Poco a poco, va quedando vacía.

Cuando ya no queda nada, Blas se sienta en el suelo y contempla,
silencioso, las huellas que han dejado en las paredes los carteles,
la librería, los cuadros…
—¡Vamos, Blas! —le llama su madre.
Y su voz resuena en el espacio vacío.

La nueva casa es espaciosa. Tanto, que los muebles parecen bailar en ella.
Para jugar es estupenda. Puedes saltar y correr sin miedo
a molestar a los vecinos. ¡No hay!
—Veréis lo bonita que va a quedar cuando la hayamos arreglado
a nuestro gusto —explica mamá.
«Quizás», duda Blas. «De momento es bastante birria.»

La nueva escuela es bonita.
Todo el mundo se esfuerza en ser amable y procurar que Blas
y su hermana se sientan a gusto.
Pero él echa de menos a sus compañeros, a su clase y a su maestra.
Por mucho que sus padres le aseguren que sólo es cuestión de tiempo,
y que pronto va a encontrarse como pez en el agua.

Mientras comen, María explica lo que ha hecho en clase
y con quién ha jugado.
Nieves escucha boquiabierta.
Y Blas, masculla entre dientes:
—Me gustaba más mi escuela.

Un día, Blas se levanta con una idea fija.
Ha soñado con ella toda la noche y una fuerza irresistible
le empuja a realizarla.
Camino de la escuela, dice de repente a su hermana:
—¡Uf, olvidé los deberes! Sigue adelante, ya te alcanzaré.
Pero no regresa a su casa. No.
Se va derecho a la estación y sin pensarlo dos veces compra
un billete con el dinero que ha cogido de su hucha.
Y, decidido, monta en el tren.

La emoción hace batir su corazón con tal fuerza, que Blas teme
llamar la atención y que alguien le pregunte adónde va.
Pero el tren arranca suavemente al primer toque de campana,
y el traqueteo rítmico de las ruedas sobre las traviesas,
le produce la impresión de una música alegre, que le acompaña.

Ya en la ciudad, Blas camina por las calles como si todo fuera nuevo para él. Diría que, incluso, todo es más bonito.
Sin proponérselo expresamente, va acercándose a la escuela y, de repente, se encuentra frente a ella.

«Y ahora, ¿qué hago?», piensa. «¿Entro…?»
«¿Qué dirá la maestra?… ¿Y mis amigos?»
La alegría y el miedo se mezclan en su corazón.
Y empieza a sentir remordimientos.
«En el pueblo deben estar asustados… Y en casa… Muy enfadados.»
Sus pensamientos pesan tanto que le han clavado los pies en el suelo.

También ha perdido la noción del tiempo.

Se la devuelve la voz de Martín.

—¡Eh! ¿Qué estás haciendo aquí? ¡Mirad quién está ahí!

En un instante se encuentra rodeado de sus antiguos compañeros.

Todos hablan al mismo tiempo, y él se ha quedado mudo.

Hasta que llega la maestra.

—¡Blas! ¿Has venido a vernos? ¿Qué te pasa muchacho?

Blas busca las palabras para explicarse, pero antes
de que las encuentre, la maestra ha comprendido.

—Te acompañaremos a casa.

En el pueblo todos están preocupados. Y los padres de Blas más que nadie.
Le han buscado por todas partes y ya no saben qué hacer.
Lo cierto es que sospechan lo que ha podido suceder, pero…

—¡Eh, mirad! —dice María—. Mirad quién viene por el camino.
Son niños y niñas… ¡y Blas!

Blas está confuso. Contento y triste a la vez.
Y sus padres también.
La maestra y sus compañeros de la ciudad deben volver a casa.
—Adiós, Blas. Ahora ya sabemos el camino
—le dicen—. Podemos volver.
—Sí, claro… Me gustaría. Podría enseñaros…
dónde voy a cazar ranas.
—Y dónde vamos a cortar cañas —añade Manuel,
uno de sus nuevos compañeros de clase.
—¡Volveremos! —asegura la maestra.

Blas agita su mano en señal de adiós
y no les pierde de vista
hasta que han doblado el recodo del camino.
El mismo camino que él había
recorrido por la mañana.
«Mientras haya caminos», piensa, «y trenes…»
Nada desaparece.
Todo permanece en su sitio.

—¿Vienes a jugar? —le dice Manuel.

Ciertamente, todo está en su lugar.
Donde debe estar. Y sus nuevos amigos, también.

Ahora hablemos de
  Todo cuanto amamos aunque no podamos tenerlo cerca.

  Hablar con los amigos, jugar con ellos, incluso discutir
  con ellos, llena el tiempo, la cabeza y el corazón.

  Todo parece vacío si nos alejamos de los amigos,
  de los espacios y de las cosas que, día a día, han construido
  nuestro mundo.

  Pero nada desaparece.
  Aunque no podamos tocarlo con las manos,
  todo sigue en su sitio
      en el espacio
      en el pensamiento
      y en el corazón.

  Y aún es posible introducir nuevos amigos, nuevos espacios
  y muchos más juegos.

  Sólo hay que dejar que se encuentren.